KB120577

불이론

시작시인선 0383 불이론

1판 1쇄 펴낸날 2021년 7월 5일
1판 2쇄 펴낸날 2022년 10월 4일
지은이 문숙
펴낸이 이재무
책임편집 박은정
편집디자인 민성돈, 장덕진
펴낸곳 (주)천년의시작
등록번호 제301-2012-033호
등록일자 2006년 1월 10일
주소 (03132) 서울시 종로구 삼일대로32길 36 운현신화타워 502호
전화 02-723-8668
팩스 02-723-8630
홈페이지 www.poempoem.com
이메일 poemsijak@hanmail.net

ⓒ문숙, 2021, printed in Seoul, Korea

ISBN 978-89-6021-567-2 04810
       978-89-6021-069-1 04810(세트)

값 10,000원

불이론

문숙

천년의시작

소중한 인연을 잃고 멍때린 시간이 길었다.
무너진 시간을 살면서도 시는 버려지지 않았다.
마음을 추스르는 기분으로 그것들을 주섬주섬 모아 보았다.

차 례

시인의 말

제1부

제3부

제1부

거울

수족관 물고기들은 상처가 많다
가까이 있는 물고기를 벽이라 생각하기 때문이다

남아도는 먹이 앞에서도 서로 물고 뜯고 싸운다
눈을 파먹히고 지느러미가 잘려도 싸움을 멈추지 않는다

제 것을 고집하느라 제 몸에 끝없이 상처를 낸다
수족관 한 귀퉁이에는 팅팅 불은 먹이가 오물처럼 썩어 간다

한 아이가 수족관 밖에서 물고기를 관찰하며 웃는다
누가 내 바깥에서 나를 훔쳐보고 있다

수종사 부처

절 마당에 검은 바위처럼 엎드려 있다
한자리에서 오전과 오후를 뒤집으며 논다
단풍객들이 몸을 스쳐도 피할 생각을 않는다
가면 가는가 오면 오는가 흔들림이 없다
산 아랫것들처럼
자신을 봐 달라고 꼬리를 치거나
경계를 가르며 이빨을 드러내지도 않는다
생각을 접은 눈동자는 해를 따라 돌며
동으로 향했다 서로 향했다 보는 곳 없이 보고 있다
까만 눈동자를 따라 한 계절이 기침도 없이 지나간다
산 아래 세상은 마음 밖에 있어
목줄이 없어도 절집을 벗어날 생각을 않는다
매이지 않아
지금 이곳이 극락인 줄을 안다
지대방을 청소하는 보살에게 개 이름을 물으니
무념이라고 한다

인공 연못

분수 놀이를 위해 여름 한철만 물을 채우는 연못에
개구리들이 모여들어 시끄럽다
내일을 모르는 것들이
부지런히 사랑을 하고 알을 낳고 밤을 다해 운다

내 발소리에 따라
개구리 울음소리가 작아졌다 커졌다 한다
와글거리는 연못에 작은 돌을 던지자
뚝 하고 울음이 끊긴다

우리는 모두 가까이 있는 누군가에게
천적이거나 신이다

오늘은 낯익은 공원 관리인이 찾아와
신의 손으로 수도꼭지를 잠그고
연못의 물을 빼고 있다

불이론

개와 강아지는
나쁜 놈과 착한 놈만큼의 거리다
낮과 밤만큼이나 멀고도 가까운 사이
욕과 칭찬만큼이나 적대적인 관계
개는 부정어의 접두사
강아지는 사랑의 대명사
천한 것은 개
자식이나 손주처럼 귀한 것은 강아지

세상의 모든 강아지는
개를 빌려 세상에 나왔고
세상의 모든 개들도
강아지를 거쳐서 왔다
밤이 낮을 품고 낮이 밤을 품듯
우리는 하나다

비틀비틀 취객 하나가 내 옆을 스치며
"개새끼" 하고 지나간다

호크니 그림 속에는

피카소도 있고 고흐도 있고 고갱도 있고 샤갈도 있다
오른쪽에서 보면 피카소 왼쪽에서 보면 고흐,
위에서 보면 고갱이고 아래에서 보면 샤갈이다
그의 동성애 애인들도 일상처럼 찍혀 있다
어딘가에는 에이즈로 죽은 그의 친구들도 휴일처럼
그려져 있을 것이다

나를 펼치면
당신도 있고 첫사랑도 있고 초등학교 선생님도 있다
한 발 더 다가서면
수시로 담을 넘던 우리 집 암캐도 있고
어딘가에는 들키고 싶지 않은 내 전생도
숨은 그림처럼 박혀 있을 것이다
나도 내가 아니고

호크니는 호크니가 아니었다

먼 길

오래 연필을 쥐었던 손가락이 얼음처럼 차고 시리다
내 것이 아닌 것처럼 섬뜩하다
긴 시간 혈관이 눌려서 생긴 일이다
한 사람을 붙들고 가슴 시린 적 많았다
언제나 거머쥔 쪽이 더 힘들고 아팠다

시린 손가락을 밤새도록 문지르자
그제야 피가 통했는지 온기가 돌기 시작한다
우리 몸에 뻗어 있는 혈관의 길이가
지구를 두 바퀴 반이나 돌 수 있는 길이라 한다
내가 나에게 이르는 길도 이다지 멀다

구도

배추벌레 한 마리가 먹는 일을 멈추고 허공에 매달렸다
욕망을 닫고 자신을 봉인하고 있다
제 안에 파고들어 속죄의 시간을 살고 있다
침묵 속에서 잘 무르익고 있다

나, 하루도 입을 닫아 본 적 없다
온몸을 봉인하고 죄에서 벗어나 본 적 없다
배추벌레가 제 껍질을 열고 하늘을 날아오르는 날
나는 여전히 다섯 평 텃밭을 꼬물꼬물 기고 있을 것이다

중년

독수리가 하늘에서 잡은 먹이를 땅에 내려와서 먹고 있다
날개 달린 것들도 먹을 때는 바닥에 발을 내려놓는다
날짐승 길짐승 우르르 덤비며 서로 먹겠다고 아우성이다
이게 내셔널지오그래픽이다

날개가 자유라 믿었던 적이 있었다
내 시에 새가 희망처럼 자주 등장하는 것도 그 때문이다
독수리가 머리를 처박고 불안한 자세로 되찾은 먹이를
먹고 있다
이제 상징을 고쳐 써야 할 것 같다

날거나 걷거나 높거나 낮거나
살아 있는 모든 짐승은 먹이 앞에서는 고개를 숙인다
음흉한 조물주가 한 가지만은 공평하게 만드신 것이다
귀밑머리 희끗희끗해지고서야 보인다

밥상을 차리며

어느 문학상 시상식에 가서 축하 반 부러움 반을 섞어 박수 치다가

상 복 없는 시인들끼리 서로서로 시 좋다고 칭찬하다가

문학상은 못 받아도 밥상은 받고 산다는 한 시인 농담에 웃어 주다가

밥상이 문학상보다는 수천 배는 값진 것이라고 맞장구치다가

밥은 없고 술만 있는 자리에서 헛배만 채우다가

집에 와서 식구들의 밥상 차린다

일생 가장 많이 한 일이

나 아닌 너를 위해 밥상 차린 일임을 생각하다가

오나가나 들러리밖에 안 되는 신세에 물음을 가져 보다가

훌륭한 걸 따지자면 상 받는 일보다 상 차리는 일이라 생각하다가

그래도 한 번쯤 상이든 밥상이든 받고 싶은 마음이 들기도 하다가

이런 마음이 내가 나를 들러리로 만드는 것이라 반성하다가

이번 생은 그냥 보험만 들다가 가겠구나 생각하다가

밤새도록 나를 쥐었다 놓았다 쥐었다 놓았다를 반복하다가

블록체인

너를 지켜 줄게라는 말은 얼마나 매혹적인가

만 개의 눈동자 속에 실시간으로 저장되며
만 개의 표적이 되는 나

관계없는 자들끼리 관계없음의 관계를 맺고
보호라는 눈길 속에서 나는 수인이 된다

이제 나는 나를 온전히 사유할 수가 없다

합리적이라는 말은 얼마나 공적인 수사인가
개인은 사라지고 우리만 남는

여기저기 복병처럼 숨어
나를 공유하는 수많은 당신들

무늬가 없다

공항 출국장에서 거듭 통과를 거부당한다
문득 나를 증명할 무늬가 없다

살아오는 동안
이것저것 만지고 비틀고 요리하느라
씻고 문지르고 닦으며 지워져 버린 것이다

자신에게 착취당한 세월을 읽는다
조금씩 내가 빠져나간다는 사실도 모른 채 살았다
나를 증명할 길이 없다

스마트하게 사는 방식을 잃었다

또 다른 세상 앞에서
어제와 오늘 엄지와 검지 사이를 왔다 갔다 하며
제자리걸음만 하고 있다

나는

가나의 어느 부족에선 사람이 죽으면
관 모양이 생전의 직업에 따라 다르다고 한다
어부였던 사람은 배나 물고기 모양
구두장이는 구두 모양의 관에 담긴다

시인이란 이름으로 살고 있는 나는
시집이나 펜 모양의 관을 그려 보지만
시로써 돈을 벌어 보지도 못했고
흔한 문학상으로 명예를 얻어 보지도 못했으니
시인이라 할 수도 없다
삼십 년을 주부로 살았으니
밥솥이나 냄비 모양을 생각해 보지만
전업주부라 하기엔 시와 통정한 시간이 너무 길다
국적 없는 집시처럼 바람에 이끌리며 살았다

어느 한 곳에 내 전부를 던져 본 적 없어
작가로서도 주부로서도 이념도 없고 신념도 없다
이 시대의 작가라면 이름이 올랐을 블랙리스트에도
나는 운 좋게 빠져 있는 시인이다
오늘을 살며 진보도 못 되고 보수도 못 되는 나는

붉은 깃발이나 태극기 모양은 더욱 아니다
가나식이라면 나는 죽어서도 관 모양이 없을 것이다

제로섬 게임

혼자 김장을 하다가
오른손이 쥔 칼에 왼손 손가락이 깊게 베였다
혼자 아닌 혼자라는 생각에
마음 한끝이 흔들렸던 모양이다

왼손이 믿었던 오른손
둘이면서 하나라 믿었던 마음을 베였다
상처란 서로를 한 몸처럼 여길 때 생긴다

내 한 몸도 서로 어긋날 때가 있어
내가 나를 베고 또 봉합하며
둘이 되었다가 하나가 되었다가 한다

오늘은 다친 왼손 때문에
부엌을 모르던 남편이 설거지를 하고
하숙생 같던 딸아이가 내 머리를 감겨 주기도 한다

내가 나를 벤 값 이만하면 됐다

적자

인생의 절반을 소비했다
날밤을 새운 날도 많았다
남은 거라곤
뉘 집 냄비 받침이나 되어 있을 시집 두세 권이 전부다
그동안 옆집 동갑내기 여자는
오 억짜리 아파트를 사서 십 억을 만들고 또
십 억짜리 아파트를 사서 이십 억을 만들었다
내가 지금 냄비 받침 같은 신세가 된 건
돈 없어도 배부를 것 같은 시에
홀딱 넘어간 탓이다

제2부

마스크 정치학

명령입니다
입과 코를 막으세요 대신
우리는 눈과 귀를 막겠습니다
마주 보면 위험합니다
멀리 떨어져서 우리와 같은 곳을 봐 주세요
서로가 평화롭게 살아남는 방식입니다
캄캄하고 답답하다고 촛불 같은 건 들지 마세요
예나 지금이나
함부로 말하고 함부로 숨 쉬면 상합니다
팔딱거리는 목숨들은 쉽게 비늘이 털려요
시인은 이제 펜을 꺾고 몽상가처럼 산책이나 하십시오
오늘이 어제 같고 내일도 오늘 같은 평화를 드리겠습니다
통조림처럼 유통기한이 길고 보존력이 우수한
여러분은 그 속에서 식물성으로 더욱 안전할 것입니다

환하다는 것

중심이 없는 것들은 뱀처럼 구불구불
누군가의 숨통을 조이며 길을 간다
능소화가 가죽나무를 휘감고
여름 꼭대기에서 꽃을 피웠다
잘못된 것은 없다
시작은 사랑이었으리라

한 가슴에 들러붙어 화인을 새기며
끝까지 사랑이라 속삭였을 것이다
꽃 뒤에 감춰진 죄
모든 시선은 빛나는 것에 집중된다
환하다는 것은
누군가의 고통 위에서 꽃을 피웠다는 말
낮과 밤을 교차시키며
지구가 도는 것도 그 때문일 것이다

돌고 돌아 어느 전생에서
나도 네가 되어 본 적 있다고
이생에선 너를 움켜잡고
뜨겁게 살았을 뿐이라고

한 죽음을 딛고 선
능소화의 진술이 화려하다

개념의 바깥

몇 해 전 강아지 한 마리를 입양했다
강아지는 체온이 사람보다 높아
우리 가족을 잘 따랐다
호기심도 많아 산책하는 걸 즐겼다
그런 해맑은 눈빛이 시인 같다고 여겼다

우리 집에 친척 한 분이 오고부터 달라졌다
내가 손님 앞에 음식을 대령하고 굽실굽실하자
손님 품에 착 안겨 들기 시작했다
손님이 왕임을 안 것이다
수시로 배를 뒤집으며
권력의 옹호자가 되어 짖기까지 한다
지금 우리 집 강아지가 개가 되어 가는 중이다

산책하고 집에 돌아오면 식구들을 밀치고
헐레벌떡 뛰어가 맨 먼저
제 밥그릇 확인할 때부터 알아봤어야 했다

엉덩이의 힘

항아리만 한 호박들이 싱싱한 줄기에 매달린 채 모두 썩었다
다 익을 때까지 엉덩이를 자주 돌려 줘야 하는 걸 몰랐다

엉덩이를 바닥에 붙이고 한곳만 질기게 바라보았다
내가 바라보는 쪽이 무조건 앞이라 우기는 습성도
한 번도 엉덩이를 돌려 보지 않은 탓이다
여름과 가을을 지나며 내가 가꾼 호박 농사를 망친 이유다

자주 엉덩이를 뗐다 붙였다
앞도 보고 뒤도 보는 자가 출세도 잘한다
새들도 구애를 할 때는 엉덩이를 치켜들고 빙빙 돈다
배꼽을 드러내고 엉덩이를 요란하게 흔드는 벨리댄스도
민망함을 벗어나 세계적인 춤으로 박수를 받는다

인간의 엉덩이가 뒤쪽에 붙어서 크고 무겁게 진화해 온 것은
죽어라 앞으로만 걷는 인간의 습성 때문이다
제자리에서 중심을 잘 잡고 중력을 잘 견디려면
자주 엉덩이를 돌려야 한다

골고루 잘 영그는 힘은 엉덩이를 움직일 때 생긴다
노인이 되어서야 비로소 엉덩이가 홀쭉해지는 것은 그 때
문이다

긍정의 한 방식

스케이트 시합에서 두 선수가 달리다 한 명이 넘어지자
남은 선수의 스피드가 급격히 떨어지고 있다

청어가 있는 수조에 천적인 메기를 넣어 두면
청어가 더 열심히 움직이며 더 오래 살아 있는 것처럼

키위새가 날 수 없는 것은 사람이 살기 전
천적이 없어 나는 법을 잃어서라고 한다

인간이 만물의 영장이 될 수 있었던 것도
다른 동물보다 약하게 태어났기 때문이다

남들보다 부족한 내가 불공평한 세상을 살면서
그래도 하느님을 미워하지 않는 이유가 그것이다

관계

관념을 버리고 기호만 보세요
상상력은 금물입니다
눈길이 새지 않도록 각별히 주의하세요
내용을 놓치면 길을 잃습니다
너무 깊이 들여다보지는 마세요
대상이 흐려지고 구성이 흔들립니다
사랑은 견고한 눈길에 잘 무너집니다

지루하면 잠시 눈을 감았다 뜨세요
관심이 증발하면 영혼을 다칩니다
동공을 넓혀 산도 보고 강도 보고
부처도 들이고 하나님도 들이세요
적당한 거리에서 무념무상
억겁의 인연을 오자 탈자 없이
잘 살펴 가시기 바랍니다

이웃 1

신도시로 이사를 왔다
거실과 마주한 소나무 꼭대기에 까치가 뒤이어 둥지를
틀었다
날마다 서로의 삶을 들여다보는 사이가 되었다
수시로 내 벗은 알몸을 들켰다

한 날 까마귀 떼가 까치 둥지를 **뺏**으려 날아들었다
여러 날을 두고 서로 쫓고 쫓기는 싸움이 이어졌다
함께 싸워 줄 부리도 없고 날개도 없어 애만 탔다

까치는 머리 좋은 까마귀한테 결국 둥지를 **빼앗겼다**
아침이면 까치 소리에 잠을 깨고
이심전심 인사를 나누던 즐거움을 잃었다
조용히 살고 싶어 옮겨 온 이곳도 여전히 전쟁터다

제 힘으로 둥지를 짓고
부지런히 먹이를 물어 오며 새끼를 키우던 내 이웃
서울살이에 떠밀린 나처럼 어디로 떠밀려 갔을까
앞으로 저 까마귀하고는 눈도 안 맞출 생각이다

경계를 넘는 일

수꽃만 만발한 호박 넝쿨에 싱싱한 애호박 하나가 열렸다
줄기를 당겨 보니 이웃 호박이 은근슬쩍 선을 넘어온 것이다
이미 내 것과 뒤엉켜서 떼어 내기 어렵다
인간이라면 불륜 죄로 다스릴 일이지만 민망한 건 내 쪽이다
얽힌 관계를 풀고 서로 길을 갈라놓으려니
줄기가 부러지고 잎이 찢긴다
예전 내 어머니는 자기 텃밭에 다른 여자가 낳은 열매를
본인 호적에 올려놓고 일생 불편한 마음으로 사셨다
이웃 밭들을 쭉 둘러보며
경계를 넘으려는 호박순들을 모두 제 뿌리 쪽으로 돌려놓
는다
나도 내 어머니를 닮아 오지랖이 대천지 바다다

지오그래픽

갈대숲을 갈아엎는 불도저 소리에 놀라
고라니가 대낮에 아파트 단지로 뛰어들었다
나를 보자 천적을 마주한 듯 왕숙천 물속을 내달린다
휘청거리는 다리가 갈대처럼 가늘다
달리고 달려 풀숲 어딘가로 몸을 숨긴 채 보이지 않는다

밤이 되자
고라니가 도망치던 그 천변을
사람들이 몰려나와 배부른 사자처럼 느리게 걷고 있다
나처럼 저녁이 과했거나
부족한 걸음을 채우러 나온 사람들일 것이다
오늘 낮에 이곳에서 세렝게티 초원의 동물 세계가 잠깐
열렸다는 사실을 아는 사람은 없다

굶주린 새끼를 거느린 사자는 사자대로
사자의 이빨을 피해 도망치던 사슴은 사슴대로
오늘 하루 죽을힘을 다해 살았을 뿐
그러나 지금 이 풀숲 어디에선가 순한 짐승 하나
제 슬픔을 젖은 혀로 핥으며
우리의 느린 걸음을 아프게 훔쳐보고 있을 것이다

이웃 2

까치를 쫓아내고 둥지를 뺏은 까마귀가
그 속에서 제 새끼를 기르고 있다
죄 없는 새끼들이라 자꾸 눈길이 간다

태풍 소식이 있는 날에도 어미는
새끼에게 먹이를 구해다 먹이느라 분주하다
어제의 잘못은 잊은 눈치다

저를 흘겨보는 눈길을 느꼈는지 깍깍거린다
남의 둥지에 알을 버리는 뻐꾸기보다
나은 어미라고 항변이라도 하는 것 같다

먹구름이 몰려오고 바람이 불기 시작한다
소나무 꼭대기 까마귀 집이 세차게 흔들린다
바람이 둥지를 날려 버릴 기세다

사납던 어미가 몸을 낮추고 어린 새끼를 품고 있다
오늘 밤엔 저 드센 까마귀도
제 새끼 때문에 발 뻗고 잠들기는 어렵겠다

겨우살이

어린 강아지 한 마리가 우리 집에 입양되어 왔다
낯선 품에 깃드느라
먹이를 토하고 집 안에 오물을 묻히며 병든 날을 살고 있다
나도 아픈 강아지를 품느라 함께 몸살을 앓는다
먼 길을 돌아서 내게로 온 인연
병이 깊어 숨을 할딱이는 강아지를 안고
부처님 하느님을 분별없이 찾는다

거친 시간을 지나
강아지가 조금씩 죽음을 밀어내며 꼬리를 흔든다
시든 풀잎 같은 한 생명이 품속을 파고들며
내 숨소리에 기대어 잠이 든다
생명 하나가 겨울을 뚫고 내 영혼 깊숙이 발을 내렸다
허공 같은 내 가슴팍에도 새 둥지만 한 봄이 파랗게 얹혔다
종이 다른 것끼리 서로 가슴팍을 붙이고
지구 종말 같은 겨울을 팔딱팔딱 살아 내는 중이다

득음

소의 운명으로 일생을 살았으니
묵묵하게 견뎠으니
그대에게 코 꿰어 한 생을 지불했으니
지나간 생이 다 붉은 통증이었으니
욕망의 허리를 잘록하게 묶었으니
속을 텅 비웠으니
온몸이 소리통이 되었으니
찬란한 울음을 얻었으니
아직 건너야 할 저녁이 남았으니

네 숨결에 내 숨결을 맞추고
빈껍데기로도 한 생을 더 신명 나게 울 수 있다고
한 죽음을 통과한 장고 소리가 관중을 휘어잡는다

내가 시를 안 쓸 수 없는 이유

지나간 인연이 그리워서 안 쓸 수 없고
첫사랑이 잘산다는 말에 배가 아파 안 쓸 수 없고
주말농장에서 오이를 도둑맞아 안 쓸 수 없고
머리 커진 자식한테 상처받아 안 쓸 수 없고
이런 내가 밴댕이 소갈딱지 같아 안 쓸 수 없다

지하 바닥에서 잠드는 영혼을 보며 안 쓸 수 없고
자식에게 버려진 노인을 보며 안 쓸 수 없고
공원 녹지가 사라지는 것을 보며 안 쓸 수 없고
밧줄에 묶인 개를 보며 안 쓸 수 없고
이런 내가 그들의 울음밖에 될 수 없어 안 쓸 수 없다

돌 틈 사이로 새싹을 밀어 올리는 민들레를 보며 안 쓸
수 없고
새끼에게 제 살점을 내어 주는 가시 물고기를 보며 안
쓸 수 없고
나뭇가지 끝에 매달린 새 둥지를 보며 안 쓸 수 없고
갓길에서 환하게 핀 들국화를 보며 안 쓸 수 없고
이런 내가 그들을 바라보는 눈길밖에 될 수 없어 안 쓸
수 없다

\>

부엌에서 남의 살점을 요리하며 안 쓸 수 없고
내 돈지갑이 다른 생명의 피 울음임을 알고 안 쓸 수 없고
내 손길에서 죽어 나간 병아리를 보며 안 쓸 수 없고
안 쓸 수 없는 이유가 너무 많아 안 쓸 수 없고
내 삶이 다 죄라서 안 쓸 수 없다

억울해서 쓰고 비참해서 쓰고
가슴 아파서 쓰고 미안해서 쓰고
팔자 같고 운명 같아서 안 쓸 수 없다
나한테 시는 고작 그런 것이라서 쓰고
그래서 큰 시인이 되기는 글렀다는 생각에서 또 쓴다

중앙난방용 굴뚝

80년대의 저녁 하늘에 길을 내던 긴 문장

아파트 노인정 뒤뜰에 우뚝하다

등대 같은 몸 주위로 옹기종기

길 잃은 새들이 모여 지친 날개를 쉬고 있다

개별난방에 밀려 지하 보일러가 멎고

십수 년 연기가 피어오르지 않는다

매운 언어를 부리던 시절은 가고

깊게 말문을 닫은 채 사랑이 떠난 몸처럼 식었다

캄캄한 시대를 온몸으로 살아온 뜨거운 수사

낡은 이데올로기를 걸친 노인처럼

세상으로부터 잊힌 채 쓸쓸하다

제3부

묵언

이마가 차다
철새들이 언 강을 쪼다 돌아가고
낚시꾼도 떠났다

입질을 멈추자
비린내가 사라졌다

걷기

거친 시간을 걸어와
지중해 어느 해안가 카페에 마주 앉는다
김빠진 서사만 남아 있는 당신과 나
모든 사랑은 비슷한 전주를 갖고 있지만
각기 다른 노래다

당신은 자꾸 마른 꽃잎을 게워 내고
나는 내일의 푸른 서사를 믿지 못한다
지중해의 밤은 자기 진술로 깊어 가고
우리의 기침 소리는 더욱 선명해져 간다
빛바랜 언어만으로
탱탱하던 과거를 구현해 내지는 못한다

사유가 깊어질수록 창백해지는 꽃들
내 안에서 당신을 들어내는 게 사랑이다
수많은 인연들이 흘러오고 흘러간다
우리는 지금 적도를 벗어나
불편한 계절을 천천히 빠져나가는 중이다

빙하기를 사는 법

빙하기를 살아 낸 갈르와벌레는
작은 온도 변화에도 죽게 되는 곤충이다

갈르와벌레가 빙하기를 견뎌 낸 것은 일찌감치
제 스스로 날개를 버렸기 때문이다

동굴 속이나 썩은 나뭇잎 더미에 푹 파묻혀
살아도 죽은 척

내가 너를 견디는 한 방식이다

사월

너라는 집에 깃든 지 이십몇 년
티격태격 살아오는 동안 곳곳에 균열이 생겨
나를 감싸던 온기도 예전 같지 않다
집 안은 바깥보다 낮은 온도를 기록하고
내가 설정한 희망 온도는 너에게 닿지 못한 채
하얀 벽면에 내용 없는 숫자로만 박혀 있다
서로에게 냉랭한 기류만이 오가는 동안
온몸에 한기가 들고 신열이 올라
나는 꽃 피는 계절에 내복을 꺼내 입는다
구석에서는 갸르릉 상처 입은 짐승의 소리가
밤새도록 공회전을 거듭하고
무조건 너를 바꿔야겠다는 생각으로 날이 밝는다
창밖에서는 라일락이 독기를 뿜으며 벽을 기어오르고
아래층에서는 물기가 바깥으로 번진다고 목소리를 높인다
내가 앉은 자리 어딘가 구멍이 크게 난 모양이다
이곳을 고치면 저곳이 새고
이 나이에 리모델링은 손익계산에 맞지가 않지
내복 입은 몸에 꽃무늬 원피스를 촌스럽게 차려입고
불온이 만발해서 낡은 집을 유유히 빠져나오는데
"엄마 어디 가요? 밥 주세요."

꽃샘바람이 꽃대를 후려치듯 헉,

내딛던 발걸음을 오므린다

여자의 혁명은 늘 아이들 밥 때문에 주저앉는다

맹어

구향 동굴 속 물고기는 맹어다
일생 어둔 동굴 속에 사느라 눈이 퇴화되었다
오래도록 바깥을 모르고 산 내 어머니도
세상 보는 눈이 어둡다
일찍이 고장 난 육신과 가난을 입고 사느라
환한 세상 구경도 못 하고 산 때문이다
맛있는 음식의 맛도 모르고 예쁜 옷을 봐도 관심 밖이다
꽃구경 가고 단풍 구경 가는 사람들을 부러워할 줄도 모른다
청춘에 홀로된 어머니는 스스로 푸른 기운을 죽이고
자신의 욕망을 봉하며 산 때문이다
캄캄한 동굴 속에 자신을 유기한 채
가슴 한쪽엔 축축한 시간을 종유석처럼 매달고
검은 눈동자가 하얗게 되는 시간을 살아온 것이다

주름

얼굴에 생긴 주름은 상형문자다
시간이 인간의 몸에 공손하게 받아 적은
고유한 언어

나를 낳고 기른 한 여인의 얼굴에는
웃음이 없다
깊고 어두운 고랑들이
수없이 아래로만 펼쳐져 있다
슬픔을 그려 낸 문장들로 빼곡하다

그녀의 주름살을 열면
한 젊은 여인의 흐느낌이
도랑물처럼 흘러가는 소리가 들린다

남자의 신발코를 집 안으로 돌려놓으며
어깨를 들썩이던 저녁들이 잔뜩 고여 있다

눈물 냄새가 비릿한 그녀의 역사 속엔
한 생명이 눈치 없이 태어나
그 젖은 영혼을 다 거뒬 냈다고 적혀 있다

어머니가 병원에 가던 날

파랗던 관음죽 이파리가 누렇게 변했다
관음보살의 이름을 지니고
베란다 구석에서 수십 년을 살아온 화분이다

긴 세월 한자리에서 꼿꼿했다
물기가 말라도 축 처진 모습을 한 적이 없어
식구들은 물 주는 일을 자꾸 까먹었다

사철 푸르기만 해서
보아도 보이지 않을 때가 많았다
익숙해진다는 것은 눈과 가슴에서 멀어지는 일이었다

살아오는 동안 몇 번이나
희고 아름다운 꽃을 피웠다는 사실도 우린 기억하지 않았다
관음죽은 집 안에서 그렇게 서서히 버려져 갔다

　오늘에서야 누렇게 병든 얼굴로 자신의 존재를 알려 온 것
이다
　나, 지금 많이 아프다고.

세상에서 가장 무서운

말기 암을 앓는 어머니가 자꾸 어린아이처럼 군다
죽 대신 과자를 먹어서 야단을 맞기도 하고
아픈데도 병원을 안 가겠다고 떼를 쓴다
오늘은 억지로 입원시킨 병원에서 몰래 빠져나갔다
팔십이 넘은 나이에 무슨 병원이냐며 고집을 부린다
이 나이에 찾아온 병은 갈 때가 되어서 온 것이라며
자식 고생시키지 않고 부를 때 순순히 가겠다는 것이다
그런 어머니를 어르고 달래고 야단을 치며
말 안 듣는 아이처럼 굴지 말라고 타이른다
이제는 서로의 입장이 바뀌어
내가 엄마가 되고 엄마가 내 딸이 된 것 같다
그러나 어머니는 아파도 아프지 않다고 거짓말을 하고
아직도 내가 외출하면 마음을 졸이며 기다린다
어머니는 늙고 병들어 다시 어린애가 되었어도
끝까지 어머니라는 자리를 내려놓을 생각이 없는 것이다
어머니라는 존재가 참 무섭다

싱크홀

한 사람이 떠난 자리가 움푹 파였다
이승과 저승의 구분은 아픈 위로였다

떠난 사람이 남기고 간
꼬불꼬불한 머리카락 한 올
모든 존재는 떠난 후에 더욱 선명해진다

지나간 시간이 모두 죄여서
청개구리 울음소리처럼 시끄러운 밤들

어디에나 있고 어디에도 없는 당신 때문에
내딛는 걸음마다 허방이다

물먹은 바람 하나 버려진 고아처럼 떠돌고
베인 시간을 견디느라 온몸에서 비린내가 난다
폐허다

걸려 있다는 것

나뭇가지 모양의 바나나 걸이를 샀다
바나나를 어디엔가 걸어 두면 더 싱싱하게 보존된다고 한다
자신이 아직도 나무에 달려 있는 줄 알고 꿈을 꾸기 때문
이라고

어느 해외 입양아가 파양당하고 청년이 되어 친부모를 찾
아왔다가
끝내 못 찾고 고시원에서 고독사했다는 소식이다
그에게는 부모도 자식도 아내도 없어 매달릴 가지가 없었
기 때문이다

아이들도 다 자라서 내 곁을 떠나고
일생 나를 가슴에 걸고 사셨던 어머니마저 돌아가시자
하고 싶은 일이 없어졌다

나도 지금 바닥에 떨어진 바나나다

속풀이용

뿌리만 남은 미나리 단을 부엌 창틀에 올려놓았다
몸통을 다 잘라 먹고도 내다 버리기 아까워서

가까운 사람한테 뒤통수 얻어맞고
어제는 못 먹는 술까지 마셨다
창틀에 놓아둔 미나리 새순 잘라서 콩나물국 끓여 먹는다

그래도 아파서 나 지금 엄마한테 간다

제단에 쓴 커피 한 잔 따라 놓고 훌쩍거린다
뼛가루만 남아 있는 엄마
두고두고 우려먹는다

코도 막히고 눈도 흐리고 세상이 어둑해질 무렵
어디서 환청인 듯 들려온다
"우리 딸 아파서 우짤꼬, 그냥 잊고 살거래이, 그게 상
책이데이……"

"얘야, 뭐하고 있노 뒷산에 해 진다, 퍼뜩 집에 가서 니
새끼들 밥해 주거라"

가을

딸아이가 한 남자의 온기를 따라 집을 빠져나가자
남편이 딸아이 방으로 잠자리를 옮겼다
둘이 쓰던 안방이 온전히 내 차지다
자유다

체온이 다른 두 사람이 한 방에서 한 침대를 쓰며
잠을 설쳤다
여름엔 뜨겁다고 밀어내고 겨울이면 다른 체감온도로
각자의 이불을 펼치며 서걱거렸다
제발 좀 떨어졌으면 좋겠다고 구시렁대는 사이
두 사람의 머리가 희끗해졌다

이 방에서 저 방으로 흩어져
널찍한 침대에서 혼자만의 이불을 펼친다
갑갑함도 사라지고 시끄럽던 숨소리도 들리지 않는다
잠이 순조롭다

꿈속에서 돌아눕다 문득 손을 뻗은 자리가 서늘하다
뜨겁던 계절이 빠져나간 빈자리
헐렁해진 이불 속으로 냉기가 파고든다
자유란 서늘한 외로움과 함께 몸을 섞는 일이다

꽃 또는 자본

죽음의 문이 환하게 열렸다
꽃향기를 따라 동일한 방향으로 우르르
사람들이 벌 떼처럼 몰려다닌다
연일 취한 밤들이 이어지고
사람들은 꽃놀이에 담을 넘는다
천한 자궁에선 펑펑펑
영혼 없는 아이들이 쉼 없이 쏟아진다
단명할 생명들이 차고 넘친다
사람들은 신을 버리고 꽃을 찬양하며
빠르게 늙어 가고
바람 든 내 남자는 꽃독에 빠져
자신에게 돌아오는 길을 잃었다
누군가는 희망이라 부르는
저 꽃들이 싫다
금기를 위반하는 저 에로티즘이 싫다
창녀 같은 봄이다

이별

철새 보러 간 순천만에는
철새는 없고 갈대숲만 펼쳐져 있다

개펄엔 구멍들이 숭숭하고
누군가 다녀간 흔적이 고별사처럼 질퍽하다

바람이 낸 길을 따라
한곳으로 쓰러질 듯 굽어 있는 갈대숲

푹푹 마음을 빠뜨리며 걸어온 길
이제는 뒤돌아서야 할 때다

다시 봄이 오는 시간 어디쯤에
저 그리움의 방향도 문득 달라져 있으리라

제4부

겨울 햇살

　—저 영감탱이들이 오늘따라 왜 자꾸 숭헌 소리들을 해
쌓는겨……
　—아이고 내사 얼굴이 뜨거워서 경로당에 더 모 있겠더
라……
　—나도 그래서 나와부렀당께…… 오늘은 날씨가 푹허
네……
　할머니들이 아파트 벤치에 앉아 수다를 떤다

　경로당을 스쳐 온 바람이
　쪼글쪼글한 산수유 열매를 틱틱 건드리며 지나가고
　마른 나뭇가지에서 딸랑딸랑 방울 소리가 난다
　주름진 얼굴들이 햇살을 받아 사춘기 소녀처럼 붉다

낙우송

은밀히 물 밖을 빠져나와 숨 쉬고 있는 뿌리들
육지로 향한 뿌리들이
천 개의 불상처럼 여기저기 솟아 있다

큰 나무라 더 외로웠을까
잎이 새의 날개를 닮았다는 것은
아직도 동물적인 간절함이 남아 있다는 것

큰 키로 세상을 다 꿰뚫어도
바람이 후려치면 아프고
앉았던 새들이 떠나가면 쓸쓸하겠지

물속에 몸을 박고도 삼천 년을 산다는 건
고행이거나 형벌일지도 몰라

불가에 몸담고도 승속을 넘나드는 어느 스님처럼
아직도 제 마음을 어쩌지 못해
저렇게 양다리를 걸치고 사는 거겠지

침엽수라고 다 상록수는 아니어서

가을이면 단풍 들고 겨울이면 잎 진다

너를 위한 삶*이지만
온전히 나를 죽이는 일은 어려운 일일 거야

* 낙우송의 꽃말이 "너를 위한 삶"이다.

법제

사람을 죽이기도 한다는 투구꽃을
긴 시간 검은콩과 함께 푹푹 삶으면
보약인 초우가 된다

독성이 강한 옻나무도 율피와 함께 삶아 말리면
위장을 다스리는 최고의 약이다

독이 있는 것들은 모두
누군가와 더불어 뜨거운 시간을 지나야만
쓸모 있는 그 무엇이 된다

내가 당신을 만나 이토록 물컹한
계절을 살아 내는 것도
쓸모 있는 그 무엇이 되기 위함일 것이다

세월

낡은 플래카드를 매단 나무 한 그루
몸에는 커다란 못이 박혀 있다
얼마나 긴 시간을 운명처럼 견뎠는지
박힌 못을 삼키고
못이 물고 있는 플래카드를 제 살 깊숙이 심었다
바람에 펄럭이며 쓰라린 시간을 지나
상처와 함께 한 몸이 되어 버린 나무와 못
서로 분리될 수 없는 시간을 살고 있다
나에게 박혀 든 당신이라는 못
이제 나를 베지 않고는 너를 빼낼 수가 없다

업보

개구리가 잠자리를 잡아먹고 있다
봄날에
잠자리 애벌레가 올챙이를 잡아먹었기 때문이다
전생에
저들은 분명 부부였을 것이다

11월

가로수 나뭇가지가
찢기고 부러져 있다

묵은 잎을 내려놓느라
밤새 몸살을 앓았나 보다

수척하다

빈자리가 생겼다

쉴 곳 없는 새들이
자유롭게 드나들고 있다

시인

겨울 한파에 길가 횟집 수족관 물고기들이
탑을 쌓은 듯 물 밑에 가라앉아 있다
머리는 구석을 향한 채
행인들의 인기척에도 시선을 주지 않는다
추위보다 먼저 수족관이 적이었을
물고기들의 움직임이 꺾여 있다
모두 한 방향으로 고개를 돌리고 있는 사이
입과 지느러미에 깊은 상처를 입은 숭어 한 마리
길 쪽을 향해 힘겹게 몸을 흔든다
행인들을 향해 입을 뻐끔거린다
자신들의 근황을 알리고 싶은 것이다
무리를 등진 채 외로운 몸놀림을 하고 있다
닫힐 듯한 입과 눈동자로 혼신을 다해
세상에서 가장 슬픈 문장을 쓰고 있다

하이힐 속에는 아픈 새가 산다

걸 그룹 소녀들이 미끈한 맨다리에 킬힐을 신고
곡예하듯 춤을 춘다
죽음의 높이를 딛고 선 발이 허공을 날고 있다
소녀들의 딱딱한 구두 속에서 날갯짓 소리가 들린다

한파의 날씨에도 짧은 치마에 하이힐을 신은 여자들이 많다
나도 스무 살 시절엔 하이힐을 신고
붕 뜬 걸음으로 높은 곳만 보며 걸었다
그럴 때마다 자주 넘어져 발목이 꺾이고
앞으로만 쏠리는 무게 때문에 발가락이 기형으로 자랐다
외출하고 돌아오면 늘
좁은 구두 속에 갇힌 아픈 새를 주물러야 했다
내 구두 높이는 지금 바닥과 가깝다
결혼을 하고 아이가 생기면서 하이힐을 버렸다

도서관에 시 배우러 오는 팔십 세 영자 할머니는
늘 화장한 얼굴에 하이힐을 신고 다닌다
며칠 전 할머니는 높은 굽 때문에 넘어져 다리에 골절상
을 입었다
일생 여자를 벗어나지 않는 꿈은 때때로 위태롭다

길들여진다는 것

옥상 화분에 봉숭아 모종을 심어 놓고 긴 시간 잊었다
화분에는 잡풀이 날아들어 봉숭아를 덮었다
높게 키를 세운 풀 속에서 숨죽이고 있는 모습
거친 입김에 시달려 온 시간만큼 가늘다
억센 풀을 뽑아내려 하자
봉숭아 여린 줄기가 푹 고꾸라진다
홀로서기는 이미 늦었다
계절이 다할 때까지 그대로 두어야 할 거 같다
운명이나 팔자는 저렇게 만들어진다

힘줄

아프게 치켜든 팔이 힘없이 툭 떨어진다
"어깨 힘줄이 끊어져 염증이 심합니다"
그동안 내 팔을 자유롭게 했던 것이 힘줄임을 몰랐다

밤마다 통증으로 알약을 삼켜야만 잠이 든다
엄마 떠난 그때도 그랬다
힘없고 아파서 긴 시간 아무것도 할 수가 없었다
엄마가 내 영혼의 힘줄이었다

의사는 주변 근육을 키워서 힘줄처럼 써야 한다며 운동법
을 알려 준다
"살살 달래 가며 해야 합니다
때로는 악 하고 비명이 날 만큼 아파도 포기하면 안 됩니다"

몸도 마음도 끊어진 힘줄들 때문에 살맛을 잃었다
주변인 같은 당신이라도 살살 달래 가며
내 힘줄이 되는 그날까지

뒷담화

허공을 고상하게 누비는 저 배추흰나비가요
야리야리한 날개를 흔들며
봄의 정치를 노련하게 펼치는 저것이 말이지요
제 과거를 지우고
이 꽃 저 꽃을 탐하는 저 잡것이 말인데요
한 여자의 푸른 날을 야금야금 갉아먹고
고갱이만 남게 했다는 바로 그 도적놈이라는데요
저것이 변신을 거듭하는 동안에 말이지요
그 여자의 봄이 송두리째 뽑혀 나갔다는데요
아, 저런 잡것에게 자신의 꽃봉오리를 열지 말지는
잘 알아서 판단하라는 것인데요
나비가 된 저것들은 말이지요
모두 벌레의 시간을 지나온 것들임을
부디 잊지 말고 속지 말라는 말씀인데요
한철 나비로 살아야 하는 저 잡것도요
이래저래 마음은 지옥일 거라는 말씀이지요

왕숙천王宿川

이성계가 왕자 난을 피해 머물렀다는 왕숙천엔
밤이면 낚싯대를 활처럼 둘러맨 남자들이 모여든다

세월교에 걸터앉아 왜가리처럼 물속만 바라본다
"그 물고기 잡아서 먹나요?"
"아뇨, 비려서 못 먹어요, 방생해요."

남자들은 아가미가 뚫리고 비늘이 털린 물고기를
다시 물속으로 던져 넣는다
잡았다가 놓아주고 잡았다가 놓아준다

제 영혼에 비린내를 묻히며
남자들은 밤새 저렇게 헛손질만 하다가
집으로 돌아갈 때는 또 빈손일 것이다

먼 옛날 잠시 이곳을 스쳐 간 어느 왕처럼
내일 밤에도 왕이 되지 못한 남자들은 또다시
아귀다툼을 피해 이곳을 찾을 것이다

목줄

홀로 주말농장을 지키던 개가
흙바닥에 엎드린 채 장대비를 맞고 있다

제 집을 두고서도 들어갈 생각조차 않는다
안팎이 모두 감옥인 듯

헐떡거림만으로 넘을 수 없는 벽
울음마저 버린 시선이 머물 곳은 제 자신뿐이다

침몰당한 배처럼 바닥에 엎드려
자신을 노려보느라 반쯤 눈을 감았다

한 번쯤 찌그러진 제 밥그릇을 걷어차고
자신을 내다 버리고 싶은 것이다

편견

강가에 가마우지 한 마리 비를 맞으며 한자리에서 골똘하다
수양버들 가지에 몸을 숨긴 채 시선은 강 속에 꽂혀 있다
불어난 강물에 내몰리는 물고기를 노리는 중이다
건기에 아프리카 강가에서 물소 떼를 노리는 악어처럼

건너편에는 백조 한 마리 물가를 뒤로한 채
하얀 날개를 펼치고 우아하게 강 위를 날고 있고
검은 가마우지는 강물 속 물고기에만 정신이 팔려 있다

인기척에 놀란 가마우지가 자리를 뜨자
하늘을 날던 백로 한 마리 재빨리 날아와 앉는다
가마우지 떠난 자리에서
희고 긴 목을 빼고 강물 속을 뚫어져라 살핀다

가마우지나 백로나……

운명과 자유, 사랑의 불이론

이성혁(문학평론가)

1

　문숙 시인의 세 번째 시집 『불이론』 원고를 읽으면서, 필자에게 우선 시 「중년」이 아픈 공감으로 다가왔다. 필자는 나이를 부정해 왔다. 생물학적으로는 늙겠지만 정신은 젊음을 잃지 않겠다는 자세로 살고자 했다. '사는 데 나이가 무슨 상관이람? 죽을 때까지 청춘으로 살리라!'라는 자세 말이다. 하지만 근래엔 육체적으로도 정신적으로도 중년에 다다랐음을 서글프게 인정하고 있다. 정신의 젊음을 유지하기 힘들다는 사실을 받아들이고 있는 것이다. 그런데 중년이란 어떤 상태란 말인가? 중년은 단순히 나이 듦을 의미하지는 않는다. 필자에게 문학을 한다는 것은 현실의 굴레를 인식하면서도 현실에 순응하지 않고, 현실 비판적 정신을 장착함과 동시에 현실의 굴레 너머를 꿈꾼다는 것을 의미했다. 아마 우리 사회에서 가장 강력한 굴레란 '돈'일 것이다. 가족이 있다면, 먹고살기 위해서는 돈이 필요하다. 돈의 위력에 점차 흡수되면서 어느새 현실의 지배 논리에 순응해 가는 자신을 발견하게 될 때 우리는 자신이 중년을 살고 있다는 것을 불현듯 깨닫게 된다. 방금 전 언급한 시 「중년」을 보면, 문숙 시인 역시 이러한 생각을 하고 있었음을 짐작할 수 있다.

독수리가 하늘에서 잡은 먹이를 땅에 내려와서 먹고 있다
날개 달린 것들도 먹을 때는 바닥에 발을 내려놓는다
날짐승 길짐승 우르르 덤비며 서로 먹겠다고 아우성이다
이게 내셔널지오그래픽이다

날개가 자유라 믿었던 적이 있었다
내 시에 새가 희망처럼 자주 등장하는 것도 그 때문이다
독수리가 머리를 처박고 불안한 자세로 되찾은 먹이를
먹고 있다
이제 상징을 고쳐 써야 할 것 같다

날거나 걷거나 높거나 낮거나
살아 있는 모든 짐승은 먹이 앞에서는 고개를 숙인다
음흉한 조물주가 한 가지만은 공평하게 만드신 것이다

귀밑머리 희끗희끗해지고서야 보인다

—「중년」전문

　문숙 시인은 큰 날개를 가진 새가 되고자 했을 터, 그에게 시 쓰기가 바로 새의 비상을 뒤따르기 위한 작업 아니었겠는가. 그에게 날개는 자유를 상징했다. 하지만 "귀밑머리 희끗희끗해"진 '중년'이 된 시인은, 날개를 가진 새 역시 먹이를 먹기 위해서는 "불안한 자세"로 "바닥에 발을 내려놓"고 "고개를 숙"여야 한다는 것을 깨닫는다. 먹이 앞에서는 모든 존재자들이 '공평'하다는 것을 알게 된 것이다. 자유의 날개를 달고자 했던 시인은 중년에 이르러 자신 역시 저 "머리를 처박고" "먹이를 먹고 있"는 독수리의 불안한 자세를 하고 있다고 생각했을 것이다. 시인 역시 "서로 먹겠다고 아우성"인 세계 속에서 먹이를 되찾고자 아우성쳐야 한다. 우리가 사는 세계는 저 먹이를 둘러싼 '내셔널지오그래픽'의 세계와 다르지 않은 것이다. 이를 인식한 문숙 시인은, 시인으로서의 자신의 희망—자유—을 새의 날개로 상징해 왔으나 "이제 상징을 고쳐 써야 할 것 같다"고 쓴다. 자유로이 비상飛翔하고자 하는 시인의 희망은 이제 먹고살아야 하는 정글의 삶에 대한 깨달음으로 인해 꺾이고 만 것이다.
　그렇다면 현재 문숙 시인이 고쳐 쓴 상징은 무엇일까? 시집 첫머리에 실린 「거울」이 그 상징을 보여 준다. 그것은 '수족관 물고기'다. "남아도는 먹이 앞에서도 서로 물고 뜯고 싸"우는 수족관 물고기. 이 시에서 수족관은 한국 자본주의 사회를 상징한다고 볼 수 있다. 이에 이 시는 이 사회에서 우리가 자본주의의 틀 안에서 벗어나지 못한 채, "가까이 있는" 사람들을 "벽이라 생각하"면서 "제 것을 고집하느라 제 몸에 끝없이 상처를" 내면서 살고 있음을 진술한다고 하겠다. 나아가 시인은 저 수족관 속의 물고기가 '거울'에 비친 자신의 모습임을 인식하는 것이다. "눈을 파먹히고 지느러미가 잘려도 싸움을 멈추지 않는" 저 물고기의 모습은 먹고 먹히는 한국 자본주의 사회에서 살아가는 우리들의 자화상이다. 그래서 수족관은 우리 사회 내부에 존재하는 정글의 축소판이라고도 할 수 있다. 사실 한국 자본주의 사회에서 벌어지는 장면들은 '지오그래픽'의 다큐에서 볼 수 있는 먹고 먹히는 장면이다. 치열한 경쟁 속에서 이긴 자만이 살아남는 사회가 바로 우리 사회인 것이다.

"굶주린 새끼를 거느린 사자는 사자대로/ 사자의 이빨을 피해 도망치던 사슴은 사슴대로/ 오늘 하루 죽을힘을 다해 살았을 뿐"(「지오그래픽」)인 '정글 사회'. 이 전쟁터와 같은 정글은 한국 사회 곳곳에 퍼져 나가고 있다. 시인이 "조용히 살고 싶어 옮겨 온" 신도시 역시 "여전히 전쟁터"(「이웃 1」)다. 이 전쟁터에서 "머리 좋은 까마귀한테 결국 둥지를 빼앗"(같은 시)기고 어딘가로 떠밀려 가야 하는 까치는 우리 도시 사회를 살아가는 평범한 사람들의 전형이다. 시인은 사자에게 먹히는 사슴이나 까마귀에게 내쫓기는 까치에게 동병상련의 감정과 동정심을 품지만 그렇다고 사자나 까마귀를 비난할 수만은 없다고 생각한다. 「이웃 2」에서 시인은 "둥지를 뺏은 까마귀가" "둥지를 날려 버릴 기세"의 비바람 속에서 "몸을 낮추고 어린 새끼를 품"는 모습을 관찰한다. 저 까치는 적어도 "남의 둥지에 알을 버리는 뻐꾸기보다/ 나은 어미"일 수 있는 것이다. 까마귀가 까치를 밀어낸 행위에는 자신의 어린 새끼를 살리고 키우기 위해서라는 제 나름의 이유가 있다. 이를 보면 약하고 순한 자를 밀어내야 새끼를 살릴 수 있는 경쟁 사회의 무정함이야말로 고통과 비극의 원인이라고 하겠다.

2

이 세상의 무정함을 견디고 그래도 삶을 지속시킬 수 있는 것은 모정이다. 남을 밀어내고 둥지를 차지한 까마귀가 그래도 시인에게 이해될 수 있었던 것은 모정을 보여 주었기 때문이다. 그런데 까마귀가 보여 준 모정은 시인을 돌아가신 어머니에 대한 가슴 아픈 회상으로 이끈 것 같다. 이 시집에는 '어머니 시편'이라고 명명할 만한, 어머니의 모정에 대한 기억을 담은 시편들이 실려 있다. 어머니의 투병 과정과 작고가 문숙 시인이 이 시편들을 쓰도록 이끌었을 것이다. 아래의 시도 '어머니 시편' 중 한 편이다.

얼굴에 생긴 주름은 상형문자다
시간이 인간의 몸에 공손하게 받아 적은

고유한 언어

나를 낳고 기른 한 여인의 얼굴에는
웃음이 없다
깊고 어두운 고랑들이
수없이 아래로만 펼쳐져 있다
슬픔을 그려 낸 문장들로 빼곡하다

그녀의 주름살을 열면
한 젊은 여인의 흐느낌이
도랑물처럼 흘러가는 소리가 들린다

남자의 신발코를 집 안으로 돌려놓으며
어깨를 들썩이던 저녁들이 잔뜩 고여 있다

눈물 냄새가 비릿한 그녀의 역사 속엔
한 생명이 눈치 없이 태어나
그 젖은 영혼을 다 거덜 냈다고 적혀 있다

—「주름」 전문

　위의 시에서 문숙 시인은 주름이 깊게 파인 어머니의 얼굴을 떠올리면서 그 주름을 '상형문자'로 보고 그 '고유한 언어'의 의미를 읽어 낸다. 어머니의 얼굴에 잡혀 있는 '고유한' 주름은 "깊고 어두운 고랑들이/ 수없이 아래로만 펼쳐져 있"는 이미지로 현현하면서 "도랑물처럼 흘러가는" "한 젊은 여인의 흐느낌" 소리를 발성한다. 그 시청각적 이미지들에는 "슬픔을 그려 낸 문장들로 빼곡"한데, 그 문장에는 "눈치 없이 태어"난 자신이 어머니의 "젖은 영혼을 다 거덜 냈다고 적혀 있다"고 한다. 자신의 존재 자체가 어머니의 삶을 파괴해 왔다는 이 진술은 처절하다. 시인이 어머니의 삶에 대해 극단적이라고 할 만한 표현으로 그 슬픔을 말하는 데에는 이유가 있다. "청춘에 홀로된 어머니는 스스로 푸른 기운을 죽이고/ 자신의 욕망을 봉하며"(「맹어」) 살아왔던 것이다. 그녀는 홀로 아이─문숙 시인─를 힘겹게 키우며 '맹어'처럼 "캄캄한 동굴 속에 자신을 유기한 채" "검은 눈동자가 하얗게 되는 시간을 살아"(같은 시)야 했다. 그렇기에 자신의 존재 자체가 어머니의 삶과 영혼을 거덜 냈다는 시인의 자학적일 만큼 처절한 진술은 이해될 수 있다.

어머니는 자신의 삶을 희생하면서 아이를 돌보고 키우는 존재다. "어머니는 늙고 병들어 다시 어린애가 되었어도" "아직도 내가 외출하면 마음을 졸이며 기다"리는, "끝까지 어머니라는 자리를 내려놓을 생각이 없는"(「세상에서 가장 무서운」) 무서운 존재가 어머니인 것이다. 어머니는 늙고 병들어 자식에게 돌봄의 대상이 되었어도 언제나 자식을 걱정하고 아이 대하듯 대한다. 이러한 어머니를 상실하는 일은, 시인에 따르면 삶의 길에 '싱크홀'이 생긴 것과 같다.

한 사람이 떠난 자리가 움푹 파였다
이승과 저승의 구분은 아픈 위로였다

떠난 사람이 남기고 간
꼬불꼬불한 머리카락 한 올
모든 존재는 떠난 후에 더욱 선명해진다

지나간 시간이 모두 죄여서
청개구리 울음소리처럼 시끄러운 밤들

어디에나 있고 어디에도 없는 당신 때문에
내딛는 걸음마다 허방이다

물먹은 바람 하나 버려진 고아처럼 떠돌고
베인 시간을 견디느라 온몸에서 비린내가 난다
폐허다

—「싱크홀」 전문

　문숙 시인은 「걸려 있다는 것」에서 "일생 나를 가슴에 걸
고 사셨던 어머니마저 돌아가"시자 "바닥에 떨어진 바나나"
와 같이 되었다고 말한다. 어머니의 존재는 과일이 달려 있
는 나무와 같은 존재인 것이다. 어머니를 잃는다는 것은
"매달릴 가지가 없"어지는 것이다. 하여, 위의 시가 말해

주고 있듯이, 어머니의 상실은 시인이 기대 왔던 존재의 상실, 시인의 삶을 채우고 있었던 어떤 존재의 상실이다. 그래서 어머니를 잃자 시인의 마음 한 자리에 구멍이 뚫려 움푹 파이는 것이다. 그러나 어머니는 완전히 사라지지 않는다. "더욱 선명해"지는 어머니의 이미지들이 그 파인 마음에 들어서기 때문이다. 그렇기에 '당신'은 "어디에나 있고 어디에도 없"다. 이미지들만 존재하기 때문이다. 이 이미지들은 시인의 살아온 기억들 모두를 조이면서 그의 밤을 "청개구리 울음소리처럼 시끄"럽게 채운다. 이 이미지들을 겪어 내면서, 시인은 이제 베인 상처를 견디며 살아야 한다는 것을, 그리고 "내딛는 걸음마다 허방"인 삶을 살아가게 되리라는 것을 직감한다. 한마디로 '폐허'의 삶을 살아야 한다는 것을 말이다.

자신을 지탱해 주는 존재를 상실하고 정글과 같은 사회를 견디며 중년을 살아가야 한다는 것을 깨달은 시인은 이제 자신의 삶이 어떠한 상황에 놓여 있는지 생각하게 될 터, 하여 그는 "자신에게 착취당한 세월을 읽"으며 "조금씩 내가 빠져나간다는 사실도 모른 채 살았다"(「무늬가 없다」)는 것을 깨닫는다. 문숙 시인은 「빙하기를 사는 법」에서 이러한 자신의 현재 삶을 빙하기에 비유한다. 하지만 삶은 계속되어야 한다. 그래서 모든 것을 얼어붙게 하는 빙하의 삶을 견뎌 내는 것, 그것이 시인에겐 하나의 과제로 떠오르는 것이다. 그에게 '빙하기를 사는 법'을 가르쳐 준 존재는 '갈르와벌레'다. 그 벌레가 "빙하기를 견뎌 낸 것은 일찌감치/ 제 스스로 날개를 버렸기 때문"이라는 것. 날개를 버린 '갈르와벌레'는 "동굴 속이나 썩은 나뭇잎 더미에 푹 파묻혀/ 살아도 죽은 척"하며 상황을 견뎌 냈기에 빙하기를 살아 낼 수 있었다는 것이다. 삶의 빙하기를 견뎌 내기 위해서는 '갈르와벌레'처럼 날아가려는 욕망을 스스로 버리고 죽은 척 살아야 한다.

그러나 이렇게 음울한 삶을 삶이라고 부를 수 있을까? 저 '갈르와벌레'의 삶에서도 자유를 찾을 수는 없는 것일까? 자유에의 열망을 잃는다면 시인은 더 이상 시인으로서 살아갈 수 없을 것이다. 문숙 시인이 시인으로서 남기 위해서는 폐색된 상황에서도 삶의 진리, 자유를 찾아내어야만 한다. 그가 찾아낸 '진리−자유'는 무엇이었을까.

3

위에서 언급한 「빙하기를 사는 법」의 마지막 행에서, 시인은 '갈르와벌레'와 같은 삶의 방식이 "내가 너를 견디는 한 방식"이라고 말하고 있다. '너'는 누구일까? 어떤 사람을 지칭하기보다는 삶 자체 또는 운명을 지칭하는 것으로 보인다. 이와 관련하여 「세월」은 '너'와의 관계에 대한 또 다른 성찰을 보여 주고 있어서 주목된다. 이 시에서 문숙 시인은 "낡은 플래카드를 매단 나무 한 그루"의 이미지를 보여 주고 있다. 그 나무는 "긴 시간을 운명처럼 견"디며 "박힌 못을 삼키고" "플래카드를 제 살 깊숙이 심"고 살아간다. 이 플래카드가 중년에 다다른 시인의 삶을 의미한다고 할 수 있지만(그렇다면 나무는 시인의 어머니를 의미할 것이다), 시의 후반부의 "나에게 박혀 든 당신이라는 못"이라는 표현을 볼 때 나무가 시인 자신을 의미한다고 해석된다. 이때 플래카드는 "바람에 펄럭이며 쓰라린 시간"을 촉각적으로 감각화하는 대상이 되며 "상처와 함께" 시인과 "한 몸이 되어 버린" 삶 자체를 의미한다고 할 수 있다. 그 삶의 운명—'너'—은 "나를 베지 않고는" "빼낼 수가 없"다. 이 삶의 운명을 목에 매달고 살아가야 하는 인간은 마치 목줄에 매달려 살아가야 하는 개의 모습과 비슷하지 않을까.

홀로 주말농장을 지키던 개가
흙바닥에 엎드린 채 장대비를 맞고 있다

제 집을 두고서도 들어갈 생각조차 않는다
안팎이 모두 감옥인 듯

헐떡거림만으로 넘을 수 없는 벽
울음마저 버린 시선이 머물 곳은 제 자신뿐이다

침몰당한 배처럼 바닥에 엎드려
자신을 노려보느라 반쯤 눈을 감았다

한 번쯤 찌그러진 제 밥그릇을 걸어차고

자신을 내다 버리고 싶은 것이다

—「목줄」 전문

　목줄에 묶여 세상의 장대비를 벌거벗은 몸으로 맞고 있
는 저 개의 모습에서 문숙 시인은 자신의 삶을 떠올렸을 것
같다. 그렇지 않았다면 저 개의 마음—"제 밥그릇을 걷어차
고/ 자신을 내다 버리고 싶은"—을 읽어 내기는 힘들었을 테
니까. 그렇다면 "안팎이 모두 감옥인 듯" "제 집을 두고서도
들어갈 생각조차 않는" 개의 모습은 시인의 심정을 표현한
다고 하겠다. 운명의 벽을 넘어서지 못한다는 것을 통감한
시인은 저 개처럼 "울음마저 버"리고 제 자신에게만 시선을
머물고 있는 것이다. "침몰당한 배"와 같은 삶. 이렇게 볼
때 위의 시는 문숙 시인의 삶에 대한 통절하게 비극적인 인
식을 보여 준다(이러한 비극적 인식은 어머니의 죽음과 무
관하지 않을 것이다). 하지만 시인은 우울감에 빠져들지는
않는다. 그는 삶의 운명이 목줄이 되어 그를 묶는다고 하더
라도, 삶을 살아 나갈 수밖에 없다는 것을 잘 알고 있다. 저
개처럼 "자신을 노려보"기만 하는 삶을 살 수는 없는 일이
라는 것을 말이다. 그래서 그는 또 다른 삶의 전범을 발견
하려고 한다. 삶에 대한 시적 탐색을 발동하는 것이다. 하
여 그는 "주말농장을 지키"는 개가 아니라 아래 시에 조명
되는 개로부터 삶의 다른 전범을 찾아낸다.

　절 마당에 검은 바위처럼 엎드려 있다

한자리에서 오전과 오후를 뒤집으며 논다

단풍객들이 몸을 스쳐도 피할 생각을 않는다

가면 가는가 오면 오는가 흔들림이 없다

산 아랫것들처럼

자신을 봐 달라고 꼬리를 치거나

경계를 가르며 이빨을 드러내지도 않는다

생각을 접은 눈동자는 해를 따라 돌며

동으로 향했다 서로 향했다 보는 곳 없이 보고 있다

까만 눈동자를 따라 한 계절이 기침도 없이 지나간다

산 아래 세상은 마음 밖에 있어

목줄이 없어도 절집을 벗어날 생각을 않는다

매이지 않아

지금 이곳이 극락인 줄을 안다

지대방을 청소하는 보살에게 개 이름을 물으니

무념이라고 한다

—「수종사 부처」 전문

    남의 시선을 피하지 않고 스스럼없이 놀고 있는 개. 이 개는 시간으로부터 자유롭다. "오전과 오후를 뒤집으며" 놀고 있는 것을 보면 말이다. 또한 이 개는 "검은 바위처럼 엎드려 있"음에도 불구하고, 공간으로부터도 자유롭다. 오고 가는 이에 따라 흔들리지 않으며 경계를 가르지 않기 때문이다. 저 개는 어떻게 저렇게 자유로운 상태에 도달할 수 있게 되었을까? 개의 이름이 말해 주듯 '무념'의 상태에 있기 때문이다. "생각을 접"었기에 "보는 곳 없이" 볼 수 있는 경지에 도달할 수 있었던 것이다. 이 개에게는 목줄이 필요 없다. "산 아래 세상"에 대한 집착이 없는 이 개는 "절집을 벗어날 생각"도 하지 않기에. 무엇에도 매이지 않는 이 개에게는 극락도 따로 필요 없다. "지금 이곳이 극락"이기에.

'산 아랫것들' 중 한 명일 문숙 시인으로서는 저 개의 무념무상의 자유로운 경지에 도달한다는 것은 불가능한 일일 테다. 하지만 저 개를 산 아래 사는 우리의 삶과는 무관한 존재로 여긴다면, 저 개에 대한 조명은 별 의미가 없다. 그런데 표제작인 아래의 시 「불이론」을 보면, 시인은 운명의 목줄에 매달린 우리와 목줄로부터 자유로운 저 절집 개가 둘이 아님—'불이'—을 인식할 것임을 짐작할 수 있다. 온 세계가 '불이'라고 한다면 우리 역시 절집 개의 자유를 내장하고 있으며 저 절집 개 역시 우리의 부자유를 내장하고 있다고 할 수 있는 것이다.

개와 강아지는
나쁜 놈과 착한 놈만큼의 거리다
낮과 밤만큼이나 멀고도 가까운 사이
욕과 칭찬만큼이나 적대적인 관계
개는 부정어의 접두사
강아지는 사랑의 대명사

천한 것은 개
자식이나 손주처럼 귀한 것은 강아지

세상의 모든 강아지는
개를 빌려 세상에 나왔고
세상의 모든 개들도
강아지를 거쳐서 왔다
밤이 낮을 품고 낮이 밤을 품듯
우리는 하나다

비틀비틀 취객 하나가 내 옆을 스치며
"개새끼" 하고 지나간다

                                   ─「불이론」 전문

'불이론'에 따르면 낮이 밤을 품고 밤이 낮을 품고 있듯
이 상반되어 보이는 두 사물이나 상태는 '불이'다. '개'라는
기표가 함의하는 천한 것과 '강아지'라는 기표가 함의하는
귀한 것은 둘이 아니라 하나다. 강아지는 개를 통해 태어
났고 개는 "강아지를 거쳐서 왔"기 때문이다. 그러니 취객
이 시인에게 던진 '개새끼'라는 욕에 대해 시인은 개의치 않
는다. '개새끼'는 욕이지만 사실 강아지를 지칭하기도 하는
것, 어쩌면 '개새끼'라는 기표가 '불이론'을 담은 말이라고도
할 수 있는 것이다. 한편 이 '불이론'을 인식한 시인은, 세

상의 온갖 '목줄'을 인정하면서도 그것에 내장되어 있는 어떤 자유를 시적으로 인식할 가능성을 갖게 된다. 또한 그는 시적 인식 능력을 더욱 발동할 수 있는 길로 나아갈 수 있게 되는 것이다.

4

'불이론'에 따른다면, 삶과 죽음은 둘이 아니다. 죽음은 삶을 낳고 삶은 죽음을 낳는다. 「11월」은 이러한 '불이론'적인 인식을 보여 주는 시다. 이 시에 따르면, 11월 찬바람에 "가로수 나뭇가지가/ 찢기고 부러져 있"지만, 그 나뭇가지가 찢겨 떨어진 자리에는 "빈자리가 생"긴다. 그리고 이 '빈자리'에 "쉴 곳 없는 새들이/ 자유롭게 드나"드는 것이다. 찢겨 떨어져 나간 나뭇가지는 일종의 죽음을 맞이했지만, 그 죽음이 자유로운 삶의 터전을 마련해 준다. 빈자리는 빈자리가 아니다. 죽음이 삶을 마련한다. 시인 역시 어머니의 죽음으로 나무로부터 떨어져 나와야 했다. 하지만 그는 돌아가신 어머니의 빈자리는 빈자리가 아님을 이제 인식할 수 있게 될 것이다. 어머니는 돌아가심으로써 시인에게 빈자리 아닌 빈자리를 제공했음을 말이다. 그 빈자리에 채워져 있는 무엇은 따스한 사랑일 테다. 아래의 시를 보면, 문숙 시인은 사랑에 대해서도 '불이론'적인 사유를 행한다는 것을 알 수 있다.

중심이 없는 것들은 뱀처럼 구불구불
누군가의 숨통을 조이며 길을 간다
능소화가 가죽나무를 휘감고
여름 꼭대기에서 꽃을 피웠다
잘못된 것은 없다
시작은 사랑이었으리라

한 가슴에 들러붙어 화인을 새기며
끝까지 사랑이라 속삭였을 것이다
꽃 뒤에 감춰진 죄
모든 시선은 빛나는 것에 집중된다
환하다는 것은
누군가의 고통 위에서 꽃을 피웠다는 말
낮과 밤을 교차시키며
지구가 도는 것도 그 때문일 것이다

돌고 돌아 어느 전생에서
나도 네가 되어 본 적 있다고
이생에선 너를 움켜잡고
뜨겁게 살았을 뿐이라고
한 죽음을 딛고 선
능소화의 진술이 화려하다

—「환하다는 것」 전문

환하게 핀 능소화는 사랑의 결실을 표현한다. 하지만 그 사랑의 결실이란, 시인에 따르면 "누군가의 숨통을 조이며" 이루어진다. 능소화는 가죽나무를 휘감고 "끝까지 사랑이라 속삭"이며 그 나무의 가슴에 "화인을 새"긴다. 사랑이라는 뜨거운 불. 이 사랑으로 상대에게 상처를 남기며 아름답게 피어나는 꽃이 능소화다. 문숙 시인에게는 이 능소화가 사랑의 상징이다. 그만큼 그에게 사랑은 위험하고 뜨거운 무엇, 어떤 고통과 죽음을 통해 피어나는 무엇이기 때문이리라. 어머니의 시인에 대한 사랑 역시 당신 자신을 죽이면서 이루어지지 않았던가. 꼭 아가페적인 사랑만이 아니라 에로스적인 사랑 역시도 죽음이 이루어지면서 꽃피운다. 타인을 지독하게 사랑할 때 자신의 죽음이 이루어진다는 것을 경험해 본 사람은 알 것이다. 지독한 사랑은 작은 죽음 속에서, 깊은 상처를 입으며 피어난다는 것을 말이다. 하지만 위의 시가 말하고자 하는 것은 사랑은 "한 죽음을 딛고"서면서 비로소 뜨겁고 환하게 피어난다는 것이다.

사랑은 삶에서 파생된 단어다. 그러나 위의 시에 따르면 '사랑–삶'은 죽음을 통해 피어난다. 그런 점에서 삶과 죽음은 사랑을 통해 '불이'임이 드러난다. 그래서 사랑은 독이기도 하고 약이기도 하다. 「법제」에서 시인이 예로 든 투구꽃이나 옻나무처럼 말이다. 투구꽃이나 옻나무는 사람을 죽일 수 있는 독을 품고 있다. 하지만 투구꽃은 검은콩과 함께 긴 시간 푹 삶으면 '초우'라는 보약이 되고 옻나무도 "율피와 함께 삶아 말리면" 최고의 위장약이 된다고 한다. 뜨겹게 삶는다는 것이 다른 것과 섞이는 과정, 즉 사랑하기의 과정을 비유한다고 해석해 본다면, 「법제」는 "누군가와 더불어 뜨거운 시간을 지나"는 과정에서 사랑의 독성은 삶을 건강하게 만드는 약으로 변한다는 시적 진실을 전달하는 시라고 하겠다. 또한 그럼으로써 사랑하는 사람 자신도 약처럼 "쓸모 있는 그 무엇이" 되는 것이다. 그리고 사랑하는 사람은 타자를 뜨겁게 사랑하면서 그와 섞이는 사람이라고 할 때, 그 사람 안에는 다양한 타자들이 섞여 있을 것이다. 하여 "나를 펼치면/ 당신도 있고 첫사랑도 있고 초등학교 선생님도 있"는 것이며, "들키고 싶지 않은 내 전생도/ 숨은 그림처럼 박혀 있"(「호크니 그림 속에는」)는 것이다. 그래서 문숙 시인의 '불이론'은 "나도 내가 아니"(같은 시)라는 인식에까지 다다른다.

하지만 문숙 시인이 어떤 해탈의 지경에 이르렀다는 것은 아니다. 세계의 '불이'를 인식한다는 것이 운명의 끈에 묶여 있는 중년의 시인을 그 끈으로부터 해방시켜 주지는 못한다. 위에서 보았듯이, 시인은 중년을 살아 나가면서 자신이 날개를 가질 수 없음을, 새처럼 자유롭게 날아갈 수 없음을, 어떤 운명의 끈에 묶여 있음을 슬프게 인정하게 되었다. 그는 지상으로부터 박차 올라 하늘로 날아가지 못한다. 나무처럼. 그러나 이 지상에 묶여 있는 존재는 새가 되기를 욕망하면서 새와 닮고자 할 수는 있는 것이다. 이에 새가 될 수 없지만 새를 닮아 가는 존재. 이 존재에도 '불이론'을 적용하여 말할 수 있겠다. 아래의 시에서 '낙우송'은 그러한 존재성을 상징적으로 보여 주고 있다.

은밀히 물 밖을 빠져나와 숨 쉬고 있는 뿌리들

육지로 향한 뿌리들이

천 개의 불상처럼 여기저기 솟아 있다

큰 나무라 더 외로웠을까

잎이 새의 날개를 닮았다는 것은

아직도 동물적인 간절함이 남아 있다는 것

큰 키로 세상을 다 꿰뚫어도

바람이 후려치면 아프고

앉았던 새들이 떠나가면 쓸쓸하겠지

물속에 몸을 박고도 삼천 년을 산다는 건

고행이거나 형벌일지도 몰라

불가에 몸담고도 승속을 넘나드는 어느 스님처럼

아직도 제 마음을 어쩌지 못해

저렇게 양다리를 걸치고 사는 거겠지

침엽수라고 다 상록수는 아니어서

가을이면 단풍 들고 겨울이면 잎 진다

너를 위한 삶이지만

온전히 나를 죽이는 일은 어려운 일일 거야

―「낙우송」 전문

낙우송은 축축한 습지나 물속에 뿌리를 내리고 산다고 한
다. 장수하는 나무라 3,000년까지 사는 낙우송도 있다고.
잎의 모양이 떨어지는 날개처럼 보인다고 해서 '낙우송落羽
松'이라는 이름이 붙었다. 낙우송 바닥 주변에는 땅 위로 뿌
리 돌기들이 솟아 있는데 그것들은 뿌리의 숨 막힘을 보완
해 주는 공기뿌리다. 시인은 그 공기뿌리에서 "천 개의 불
상"을, 그리고 새의 날개를 닮은 잎의 모양에서 "동물적인
간절함"―날고 싶다는 욕망―을 읽어 낸다. 이렇듯 낙우송
은 땅속(물속)과 지상, 지상과 하늘 사이에 "양다리를 걸치
고" 살고 있다. 그것은 "불가에 몸담고도 승속을 넘나드는
어느 스님"의 모습과 유사하다. 낙우송은 한곳에 붙박여 있
어야 하는 운명을 살지만 뿌리는 지상으로 나오고 싶어 하
며 잎은 하늘로 날아가고 싶어 한다. 그것은 사랑하는 이
의 운명도 마찬가지일 것이다. 사랑하는 사람은 "너를 위
한 삶"―시인은 낙오송의 꽃말이 바로 이 "너를 위한 삶"이
라고 주석을 달고 있다―을 살지만 "온전히 나를 죽이"지는
못하는 양면적인 삶을 살아가야 하기 때문이다. 사랑이 가
져오는 환희와 고통은 이러한 양면성의 조화와 불화를 통해
이루어지는 것 아니겠는가.

낙우송은 이 삶의 양면성('양다리'), 그 불이성을 웅장한 모

습을 통해 상징적으로 보여 주는 존재다. 문숙 시인은 이 나무를 응시하면서 자유에의 열망과 운명의 끈 사이의 길항과 긴장, 갈등과 포용을 뜨겁게 감내해 나가는 것이 곧 자신이 살아 나가야 할 사랑의 삶임을 깨닫고 있는 것인지 모른다. 그리고 이 삶이야말로 그에게는 시인의 삶일 것, 이제 그는 수족관 물고기들, 시집 서두에 실린 「거울」에서 보았던 타자들을 잡아먹으며 살아가는 물고기들 속에서, 시인이란 존재—사랑하고자 하는 존재—를 발견한다. "무리를 등진 채 외로운 몸놀림을 하"면서 "입과 지느러미에 깊은 상처를 입은" 채 "세상에서 가장 슬픈 문장을 쓰고 있"는 시인을.

겨울 한파에 길가 횟집 수족관 물고기들이
탑을 쌓은 듯 물 밑에 가라앉아 있다
머리는 구석을 향한 채
행인들의 인기척에도 시선을 주지 않는다
추위보다 먼저 수족관이 적이었을
물고기들의 움직임이 꺾여 있다
모두 한 방향으로 고개를 돌리고 있는 사이
입과 지느러미에 깊은 상처를 입은 숭어 한 마리
길 쪽을 향해 힘겹게 몸을 흔든다
행인들을 향해 입을 뻐끔거린다
자신들의 근황을 알리고 싶은 것이다
무리를 등진 채 외로운 몸놀림을 하고 있다

닫힐 듯한 입과 눈동자로 혼신을 다해

세상에서 가장 슬픈 문장을 쓰고 있다

—「시인」 전문